謹以此詩集獻給上帝，我的父母親及丈夫

時間的洞

胡玟雯

從公園一陣金黃太陽雨中
我掉進時間的洞裡

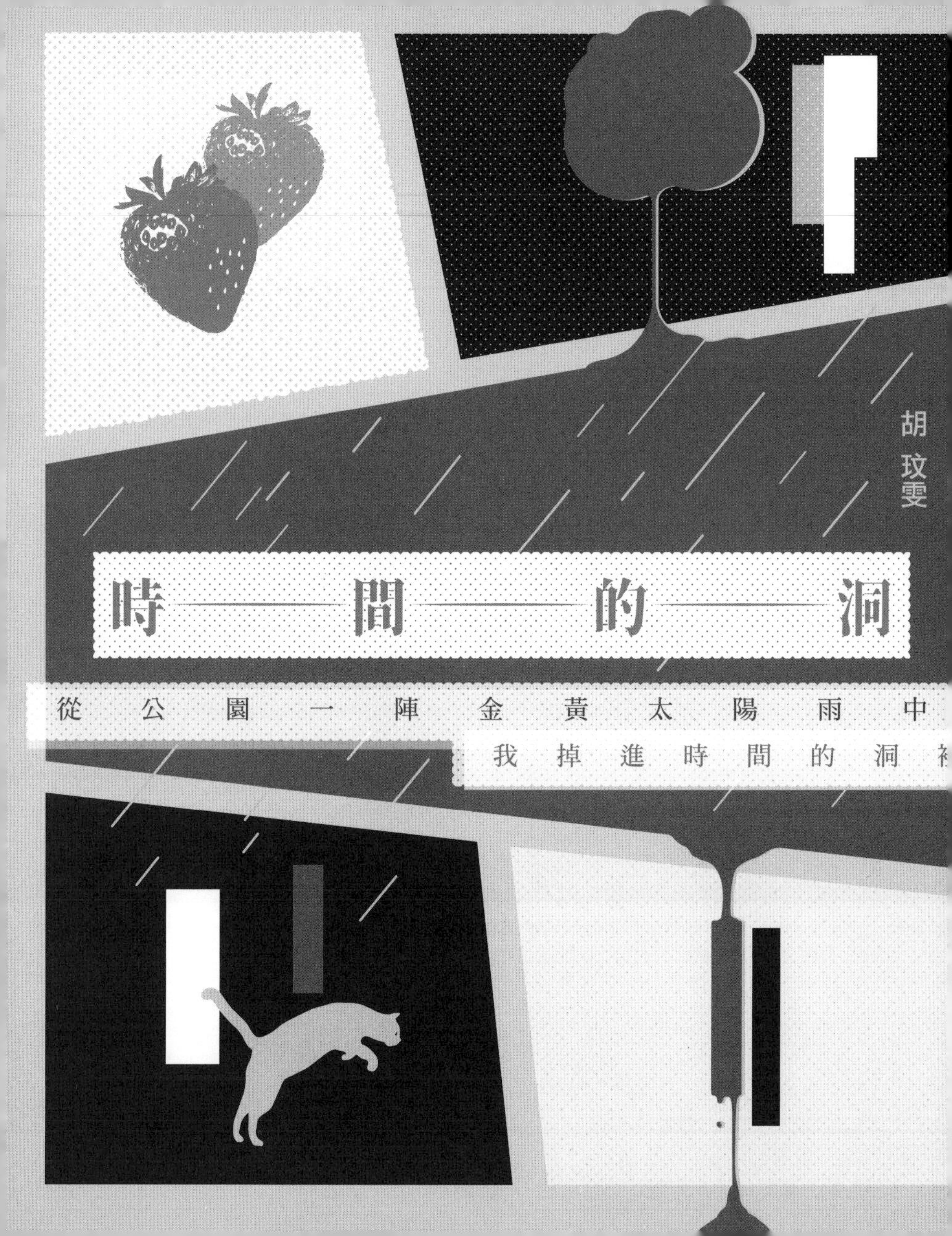

推薦語

胡玟雯的詩多寫周邊事物，甚至自身遭遇。有時雖露，但也因為露而見率性，見真性。她不會刻意討好讀者而把詩寫得唯美，寫得糾纏，寫得工。這正是她的詩的獨特魅力所在。

——辛牧（詩人）

寫詩對多數人而言，也許是一種情緒的抒發和自我療癒。我們或許可以用此角度來看她的詩吧？

她的詩是靈魂敞露的傷口，也是敷在傷口的藥。

——馬世芳（廣播人／作家）

我不會寫詩，但會去讀詩。玟雯的詩集，一來以文字自白罹患精神疾病病程和治療，勇氣十足，我很佩服；二來每首詩話中有意境，理性兼具感性，我很驚豔。結論：十分值得閱讀的好書，我推薦。

——楊聰財（精神科權威）

一如尼采所說：「一棵樹要長得更高，根必須深入黑暗。」胡玟雯的詩也是出自死蔭幽谷中的行走，從而獲得了洞察與悲憫的能力。

——鴻鴻（詩人）

一個中年女子，因為躁鬱症而被困在童少期的情緒裡，行為跟思想在成熟與病症發作中擺盪。循規蹈矩、幼稚脆弱、成熟體貼、失控暴躁、放棄與不放棄間，我看到玟雯的平衡點是寫詩。

因為寫詩，她閱讀、靜下來思考，把過往的傷害與可能的遭遇，透過寫詩爬梳了自身的病史。她交往詩友，使其融入一個略帶瘋狂卻又理性的交際圈。試問，寫詩的人哪一個不瘋癲？只是有些人懂得偽裝正經，有些人病得很重而無自我病識感。無病不詩呀，玟雯。

這次你把寫詩當作自我剖析的手術，用怯怕的雙手血淋淋劃下刀痕，不是為了製造傷口，而是勇敢地剖開病痛之處，完成淨化後再縫合。你的誠實，讓你不完美的詩句，反而顯得無比真情美麗。要繼續寫下去，有一天，你會跟詩一樣，進化、痊癒、強大。

——顏艾琳（詩人）

【序】

為時間挖洞的人

——胡玟雯詩集《時間的洞》序

白靈

詩是以「可說」說「不可說」的最簡便形式。不可說的常是一種感受，或喜怒哀樂或嗔癡怨，或夢或想像，可幻可真。它所使用的文字卻是可說可理解的人類理性產物，但表現的內容則虛浮不定、難以捕捉、不好說、不可說。以可說說不可說，此事不易，因此常脫離理智搆得到的範疇，表現出的常介在虛幻與真實之間、游移於可說又不可說之間。對詩的作者或愛詩人來說，那恰切是想表達的可觸又不可觸及的美和真，對某些讀者來說，詩有時成了謎、甚至閱讀的障礙。

不過何妨，就像有些人的生活我們若不以極大的同理心去試圖貼近，會覺得他們離我們很遠，難以與之同步。當你吃著豪華酒宴時，如何能對衣索比亞的瘦骨兒童有所感受？當你在歡樂場所狂舞時，如何對烽火四起的中東戰場感同身受？當我們身心康樂地幾代同堂歡慶生日時，如何想得起在醫院一角為病魔所制伏的友人？也許只有當我們離群靜心、對世上諸多不幸稍予關注時，方知平安多麼難得，身心靈平衡是何等不易。也只有偶然捧讀他人作品時，方能稍稍明白這世上多的是日日得與諸多心痛、病痛抗爭的人、多的是得與制度、政經環境、心魔、精神內分泌物質異常……等等，要不斷奮戰之人。

因此把「不可說」的遭受精神苦痛或折磨，寫成「可說」可讀可誦有美感的詩作，這要較正常的寫詩人來說，可能是十倍乃至百倍不易為之事，不知要付出何等努力和輾轉克服自己軟弱的曲折過程。

患病十四載才重新站起的胡玟雯歷經的折磨即是一顯例，她把自己從那其中拔出來、勇敢面對脆弱不堪的自己了，沒有保留地寫出來。即使如此，她寫出那「可說」的，恐怕遠遠不及寫不出來「不可說」的千萬分之一。這是「不可說」始終可以反覆折騰人的原因。在詩中，她是勇敢的，她不得不勇敢，因為詩已成為她最強而有力的盾牌，她用她的傷口、苦楚、和斑斑淚痕構築了這個盾牌，足以抵擋一些不堪的屈辱、冷語、流言和傷害。更重要的，她不光是只為自己發言，也是為與她承受同樣苦痛和折磨的一大群精神疾患者發言。

當她說〈我的憂鬱像眼球一樣跟著我〉時，她說出的是多少憂鬱患者不知該如何去除低潮的心情？當她說〈我背著一隻負傷流血的象〉，她說的是壓在心頭無可卸除的沉重，她說的是一大群如她背負如山之人。當她說〈時間的洞〉時，光由標題即知，此「洞」是自挖的也可能是他者挖的，既是藏也是埋，看似再也前進不了的心境，卻是可長出玫瑰的所在。常人當然很難想像如此心境是何種心境，但這樣的患者無處不有，這世上何止千萬。胡玟雯寫的因此不只是她個人，她的書寫觸及了幾個層面：兒童心理、家庭教育、親子關係、婚姻問題、精神醫療方式、社會保險福利問題、遺傳與基因與營養問題等等的複雜關係。她說的是歷代以來不斷發生、一直在發生的地球上一大群特殊精神疾患者產生的原因、過程、和他們被對待的方式。

作為一個創作者而言，即使有精神疾患的困擾，其得到的紓解，應該比一般病患多些。至少可把心境敞開來。比如她寫的第一首詩，卻反覆改了四年才完成的〈日間留院歲月〉（後刊於衛生紙詩刊），說的就不是她自己而是一種為病友發聲的心願，因為終於要離院的她下了決心要把他們寫進詩裡。此詩末即提到她在最後要離開病友們時：

我擦上買來的指甲油
用手指重新寫下所有人電話

同唱一首會讓人像小鳥的詩歌
決定有一天
我將把他們寫進我的詩
陪他們與我共同
相信天堂

「像小鳥的詩歌」、「共同相信天堂」是相互鼓勵重新站起之意，雖然極為不易。此詩寫的也是一種隱微的抗議詩，因為病友們幫忙工廠作代工，但地下室卻環境不佳，只能自我寬慰：「將滿室日光燈下的潮濕味／想像為南極洲一隻迎面而來哈士奇嗅聞」。詩中也帶出精神病房裡病友的各種形態：「有人在睡著後／就再也沒有醒來／有人永遠忘記不了意外的痛／就永遠不想洗澡／有人開始流著口水講話／他的媽媽就想要把他送到更遠地方」，尤其末句，說的是家人不願面對病人只想把病患送走的親子關係。

童年的陰影和不和諧或不完整的親子關係與一個人的身心健康當然息息相關。〈春夜池塘〉一詩提到三歲那年她爺爺騎車出門為她買水果，卻不幸車禍死去，於是「烏雲在我身上開始降雨」，自責自己是「掃把星」，幫忙她的人，必定遭逢不幸，全因她害的，甚至「活動裡只要人不開心」皆因她參加的緣故，但沒有人知道，也沒有輔導、寬慰她，這陰影一生跟隨著她。加上她父愛的匱乏，父親「唯一會表達愛的方式表達愛」一是賺錢。不論在童年的日子裡，還在她多年的病苦中、既無法工作，也沒有完成的學業，爸爸竟像「還沒玩就壞了的玩具」（〈禮物〉），也由於「太想被愛」，卻使她：

自卑像白天時一隻過於
盡責的日光燈，
或夜晚裡一杯老覺得
做錯事的咖啡

寫詩的茶已涼
客廳的窗簾暗示出
即將啟幕的深夜
我童年見過的那一幕
為何使我沒有精神
直到中年　（〈今夜我失眠〉後半）

童年的陰影何其深重，「那一幕」為何，作者未說，但卻始終根深地扎入生命底層。而父愛的匱欠使她寫了不少關於父親的詩，以求自我解脫，尤其父親後來也得了憂鬱症自殺，悲劇竟然一幕幕上演。比如「你的死，一整個夏天的死亡」（〈父親的葬禮——紀念自殺的父親〉）、「小時候我追隨爸爸的身影／像一隻折翼蝴蝶圍繞翠綠草葉」、「一場原諒與不原諒的拔河賽／在我心吶喊／躁鬱症是觀眾／天使與魔鬼是兩邊的啦啦隊」（〈爸爸與我〉），充滿了渴望、憂傷和矛盾，由此也可看出，童年的安全感和成長時父母親情的陪伴和維護，成了任何人身心健康的重要因素。

而〈今夜我失眠〉中所說「童年見過的那一幕」使她「沒有精神直到中年」是如何令人困頓啊，那是一種「這該死的感覺／做不成任何事」（〈疲倦〉），要不就是：

一把刀醒來
從頭頂頂櫃掉下
正中我的腦袋
流出的不是血，
是還想睡的哈欠　（〈疲倦〉後半）
與夜一同失明到早晨

再昏昏的睡去
陪白晝一起
被車聲壓扁到黃昏

永遠的打混
許多的悲傷　（〈憂鬱〉後半）

被白日喊醒卻如刀砍下，「流出的不是血／是還想睡的哈欠」，要不即「永遠的打混／許多的悲傷」，她說的不只她個人，背後更包括一大群與她有精神疾患的困窘和無可自拔塌陷感的人。她形容自己的處境如〈日子〉一詩所隱喻的：

一枚硬幣滾過地面掉入
水溝蓋

沿途經過磚縫，腳印，廣告單
看見戴耳機的人
沉默的眼神
在落水的那一刻
它的掉落
發出嘩啦聲響
像整個世界安靜的此時
唯一的不甘寂寞

詩中的硬幣如掉落滾動的日子，經過任何地點均引不起注意，直到「落水的那一刻」才發出微不足道的聲響。此詩以尋常不起眼的硬幣入手，說的看似日子的度法，也是自身處境引不起任何注意的隱喻，此詩甚具普遍孤寂共相，說的是任何一人。然而這樣長年的低沉的困頓使她領有

「身心障礙手冊」，卻被常人誤視為「非正常人」，是「不定時炸彈」，此種異樣眼光絕非她所願見，「那些生不如死的一秒／我多麼希望能扔掉它／換成一個能上班的身體」（〈證件〉），這是最低的渴望，卻多麼令人不堪的渺茫的渴望。她說的不只她一人，這世上有多少這樣的精神困頓感，她寫出來了，她是他／她們的代言人。

〈我的憂鬱像眼球一樣跟著我〉是她病癒後第一年寫的詩，此詩末段說：

會不會有人真的懂我
當我把媽媽左腳和右腳的鞋子偷偷互換
當童年那一幕被保護卻又
像一個洞將我埋入
從此是愛麗絲歷險與小矮人

我又如何能像傑克魔豆長成巨樹
也許下雨的夜只是偶爾出現一隻鳥
從可能的靠近裡飛走
僅管我想要看它停留

此段又強調一次「懂我」與否，對她的重要，但此「懂我」對任何人都是想問又知問了白問，對常人都知不可能之事。在她來說，卻是極端重要之事，最後等於自我挖了洞跳入讓人找。當她說「當童年那一幕被保護卻又／像一個洞將我埋入」，其困頓只是稍獲緩解，並未徹底消除。像是自我開脫，潛意識裡仍有匱乏之感。於是「愛麗絲歷險與小矮人」「傑克魔豆」成了她構織、寄脫渴望、想像的夢幻時空，接著末三行又是一個跳脫，以構景與想望做結，讓此詩有了意識流般的魅力。

〈我背著一隻負傷流血的象〉是一首對精神疾病者的精神狀態描述甚

深入的詩作，他／她背負著超乎常人想像的重壓，不知如何釋放，前二段寫道：

我背著一隻負傷流血的象
蹣跚行走在精神病沙漠
步伐像石旁曬裂的乾牛骨
灰而枯，總在夜晚扎醒我

我背著一隻負傷流血的象
我想丟下牠也想喝口海
我的骨頭已經變形，
沙漠的太陽
把我赤足的腳紋出黑色十字架
虛度的黑夜裡我好害怕牠牠的牙

更搓著腳上黑色十字　開始
期待白日盛大的太陽

此二段說的是她與自身精神狀態的關係，是既分又合的關係，像是背負著一隻無形的大象行走，無可卸下，使她步伐沉重，白日夜晚交替折磨，不知如何才好。

詩後半則提出可能對策和期望：

我背著一隻負傷流血的象
想要靠百憂解　思樂康　若定　完全解決牠
或用帶刺的皮鞭抽死牠
再不然
用刀做掉自己

但我還想看看海的模樣，
看它有多麼大
雖然他們都說海水鹹鹹的
海浪有種孤獨的蒼涼

背著一隻負傷流血的象
於是我走到動物園　把象關進柵欄　把自己也關在裡面
見象靜靜的嚼草　見象驅趕蒼蠅
見象坐在草地上歇腳
見自己的黑色十字架和
起伏呼吸的胸口
知道自己會有和
象

一起見海的那天

她對付自己背上那頭大象的戰策有外求法和內求法。外在則求助「百憂解」、「思樂康」、「若定」三種精神科藥名，漫長又難以逃脫困倦終日感。自我解決方式是用帶刺的皮鞭抽死牠」、要不「用刀做掉自己」，結果皆非所願，因她「還想看看海的模樣」，不想在「精神沙漠」渴死。不得已才「走到動物園，把象關進柵欄，把自己也關在裡面」，這又是另一種外求法，因除了精神疾病用藥，還有專家「馴象」的動物園，而又不能與象分開，不得不把「自己也關在裡面」，此時是合而又分。「黑色十字架」是前半背負象行走後在腳上「紋出」的。如今在「動物園」才稍獲休憩，能得喘息。而且相信與象終有「一起見海的那天」，是自建信心和毅力的一種書寫，對到療養的可能賦與了信心。

〈時間的洞〉是她另一首精彩的詩，有極大的、積極的自我提昇意義。前二段說：

從公園一陣金黃太陽雨中
我掉進時間的洞裡
所有四周景物瞬間凝結
所有只屬於我

像是一名富有的偷窺者
奢侈的我看見一隻貓正試圖
跳上公園的長椅
她白色的後腳力道騰空
身體劃出一道弧線
不遠旁
被風吹動的樹葉停舞在樹稍

它們顏色油綠
當我老去懂得遺忘
我要讓它的綠記得我
入口處鮮紅的兩顆草莓
在情侶手上正要餵入彼此口中
當我老去懂得記憶我要
記住今天的紅
涼亭裡嬰兒
在媽媽的胸前吸吮
當我死亡來到我生命之前
我要有一個小孩將他養育到大

此處先提一下梅洛龐蒂，他曾用「身體—主體」和「身體圖示」去解釋身心一元說，即並無「身體」與「精神」二元論這回事，二者是整體的〈比如詩集作者〈我背著一隻負傷流血的象〉一詩說「我」背負「大象」，就只能當作詩喻，二者仍是一體的，象的傷即我的傷）。亦即身體與意識可以說是一個「完形」，也就是身體（含意識、精神、主體）有整體先於部分的現象，而且我的身體有「朝向他的任務存在」的意向性，這表示了我的身體在世界的存在方式，是以身體的實踐活動去「能動性地展開」，它同時含納了外在環境與內在機能，只要身體實際親臨，就可能獲得實踐的機會。因此當詩作說在一特別的時刻，她掉進「時間的洞」裡時，「所有四周景物瞬間凝結／所有只屬於我」，那即是一種身體與意識共同凝住一切的感受，接近巴什拉說的「垂直的時間」，或者海德格講的「綻放」，但對一位有極大精神負荷的詩人而言，卻說是「時間的洞」。無妨，她想將美好的一刻藏起來，要樹木「它的綠記得我」、看到草莓入情人口要「記住今天的紅」、看到母餵嬰仔想要「有一個小孩將他養育到大」。這些瞬間之事都停在今天這個時間，成為一個「完形」，使我的身體有「朝向他的任務存在」的衝勁，既是「垂直的時間」、也是「綻放」

了自身，即使放入「時間的洞」亦完美極了。詩末段則說：

沒有眼淚的時候
我要學池塘裡的錦鯉
成群悠游供人讚賞，
讓人歌頌我的美
還沒老去之前我要大聲唱一首歌
讓雲朵包圍耳廓，
月亮，花朵為我
閉月羞花
在我的歌聲老去之前陪我慢慢
留在時間的洞裡
長成一朵紅玫瑰

說要學錦鯉「讓人歌頌我的美」，還要「讓雲朵包圍耳廓／月亮，花朵為我／閉月羞花」，最後要「我的歌聲老去之前陪我」「長成一朵紅玫瑰」，都是梅洛龐蒂「朝向他的任務存在」的能動性。這樣的「時間的洞」不是躲，是可蘊釀可綻放的所在。

她在〈活〉一詩首段又說：

如果，能像風一樣自在
穿梭在蜘蛛網孔
不吹破閃閃柔柔的蛛絲
我就可以感受到自己
輕盈，在天藍裡浮起來

既然喜歡挖「時間的洞」的人與巴什拉立「垂直的時間」是等價的，

也與梅洛龐蒂「朝向他的任務存在」等值，那麼「風」這個詞就是她的任務了。此詩末段又說：

我笑，我哭，我愛
我苦，也偷偷藏著怨
為了黃昏中蔓生的紫藤花

我活著

若「我活著」是「為了黃昏中蔓生的紫藤花」，那麼「活」和「紫藤花」即是她存在的任務了，設法讓花「綻放」自然也是了。

胡玟雯及一切受苦者皆應不斷挖這樣「時間的洞」，立這樣「垂直的時間」，好「朝向他／她們的任務存在」，藉此獲取「身體—主體」（身心合一）的能動性。胡氏逃不走了，因為她的詩就是她自身的證詞。

目錄

病蝕

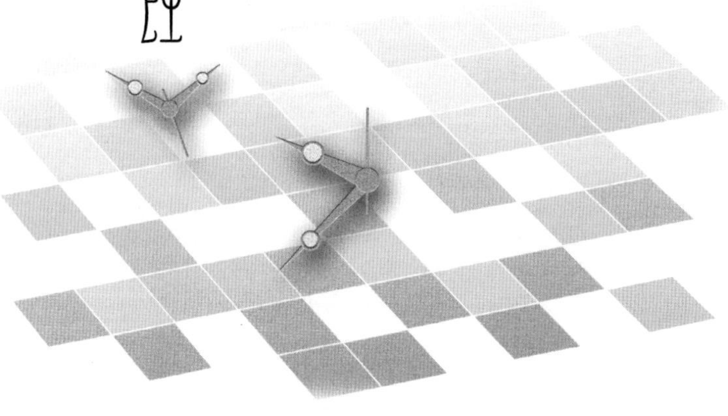

長大

夢是青春的獸
在現實的森林生活
強壯又精通的獵人阿
他們補獵散發初熟體味的青春
銅號聲把血水染黑

被殺死的獸
皮毛帶著吸引蒼蠅的鮮
像一把
獵人瞄準後拉開的弓

夢獸把獵人餵飽
獵人把森林射深

日子

一枚硬幣滾過地面掉入
水溝蓋
沿途經過磚縫，腳印，廣告單
看見戴耳機的人
沉默的眼神
在落水的那一刻
它的掉落
發出嘩啦聲響
像整個世界安靜的此時
唯一的不甘寂寞

證件

一張綠色證件
在我皮夾內側
上面有我的相片，
有我的姓名，我的
身分證字號，還有我的出生日期和地址
照片上
我的雙眼好似打盹
可掬的笑容夾雜一絲害羞
我的臉頰圓潤
（太過圓潤）
使我刻意縮著下巴，

我的模樣那樣害羞，好像
做錯事的人

這張證件已經被放了十幾年
而我希望擁有一個名牌包，或
纖細的臉蛋，或
不孤獨的日子，使我能夠忘記它
「這張證件的擁有人，
都是不定時炸彈」
沒有這張證件的人愛這樣說，
好像因為可以和我們區分開來
而喜悅
而有能力
而更高貴

而學會愛自己了

但有時我卻喜歡它：
買車票時有優惠
逛展覽，看表演也會打折
但那些季節交替，
頭腦極倦的時候
那些生不如死的一秒
我多麼希望能扔掉它
換成一個能上班的身體
一個
一個把中華民國身心障礙手冊
換成健康認證的哆啦A夢口袋

但這是不可能的
我的綠色身心障礙手冊
上面註明
精神病及
永久，一輩子

日間留院歲月

用短短手指
我在日間留院地下室
剪去工廠的電線代工線頭
將滿室日光燈下的潮濕味
想像為南極洲一隻迎面而來哈士奇嗅聞
沒有人知道樓上病房門口
是否有鞋正徘徊，正在等待
篤實的扣門聲

樓上精神病房裡
有人在睡著後，
就再也沒有醒來
有人永遠忘記不了意外的痛
就永遠不想洗澡
有人開始流著口水講話
他的媽媽就想要把他送到更遠地方
我們剪去黑色線頭
努力纏繞紅色
在工作地方牆上
題上透明的血色名字

偶爾小護士們
會進來地下室幫我們量血壓，

陪我們玩一把撲克牌，
我和修女一起變得有小皺紋，
一起翻閱一頁又一頁聖經
像哈士奇拖著雪撬帶我們奔跑
手指頭被電線割傷之處
有五毛不到硬幣的報酬
我想聖經說我們都要
學會欣賞彩虹

也有午后彷彿是整個睡在 Hello Kitty 床單上
全部人放下工作
共同看韓劇錄影帶
共同唱卡啦 OK 搖擺，盡情對著
對方的缺牙大聲狂笑，

我見到哈士奇
奔跑中的雪花飄在我們肩上
發現我臉上的小皺紋
是天堂的紋身，還沒完全長大
發現十字架的釘子
很尖利，架上的血真鮮竄泊泊，
我靈魂與身體有獨一無二的美麗。

最後一次回去工作那天
我擦上買來的指甲油
用手指重新寫下所有人電話
同唱一首會讓人像小鳥的詩歌
決定有一天

我將把他們寫進我的詩
陪他們與我共同
相信天堂

打盹了起來

走在狂歡後結束的街
樹上的燈都滅盡，
我路上搖晃的影子
舉著酒瓶和狗兒乾杯
會不會有親戚
在結婚時還想到我
他們總是避開我，
會不會有青梅竹馬
給我一句問候？
他們早已如煙散走
而此刻，親愛的丈夫，

我想吻你頸項上的痣
就像你靠在
我胸前哭泣的那晚一樣

親愛的丈夫，我們都
有終生精神病，但我們算幸運
沒有被送進療養院
沒有父母死後，被結婚的兄弟姊妹棄養
沒有沒有地方住
沒有需要去打零工
雖然我已經沒有多餘的錢減肥
雖然我好想中樂透彩券
但我是幸運的
我吻著滴落在你黑痣上的淚珠

細細聞你身上好聞的肥皂香

其實我很脆弱
其實我只有比二十歲時堅強一點點
表面偽裝的勇敢拿掉吧！
小丑般的笑容丟掉吧！
我的丈夫會不會發病
他的枕頭如果我生病了
誰來替他洗　誰來
替他早晨泡杯及時飲　誰來
替他受傷的頸子按摩

「但我們是幸運的」
同齡的病人有的已經神智不清

還有的三餐不繼
有的只能終日沉睡
還有的永遠在哭泣
「但我們是幸運的」
像秋天老樹最後落下的一片葉子
像迴游季節最後一隻產卵的鮭魚
我摸著你的頭髮這樣說。
同時，
我新年走過的街
狗打盹了起來

我背著一隻負傷流血的象

我背著一隻負傷流血的象
蹣跚行走在精神病沙漠
步伐像石旁曬裂的乾牛骨
灰而枯，總在夜晚扎醒我

我背著一隻負傷流血的象
我想丟下牠也想喝口海
我的骨頭已經變形
沙漠的太陽
把我赤足的腳紋出黑色十字架
虛度的黑夜裡我好害怕牠的牙

更蹉著腳上黑色十字　開始
期待白日盛大的太陽

我背著一隻負傷流血的象
想要靠百憂解　思樂康　若定　完全解決牠
或用帶刺的皮鞭抽死牠
再不然
用刀做掉自己
但我還想看看海的模樣，
看它有多麼大
雖然他們都說海水鹹鹹的
海浪有種孤獨的蒼涼

背著一隻負傷流血的象
於是我走到動物園　把象關進柵欄　把自己也關在裡面
見象靜靜的嚼草　見象驅趕蒼蠅
見象坐在草地上歇腳
見自己的黑色十字架和
起伏呼吸的胸口
知道自己會有和
象

一起見海的那天

憂鬱

又深又暗長夜裡
我獨坐窗前
想像一刀風起
刺傷我的眼睛，讓我
與夜一同失明到早晨
再昏昏的睡去
陪白晝一起
被車聲壓扁到黃昏
永遠的打混
許多的悲傷

病中書寫

春天我恨你
在你的小姐脾氣裡
我紅色指甲發燒，寫不出
更無奈的句子
偏頭痛取笑乏力的靈魂
藥吃多吃少都
不合妳的胃
雖然一顆心想永遠長眠，
也想活潑的來一段熱舞
沒有盼望的時候
想一想搖搖哥

我比他還幸運
不知道他有沒有真的遛鳥
但是我也想在街上以最風光的衣服蹓躂
或是裸體的在屋內行走
讓我們都在被疾病折磨死亡前
找一個房間脫光，
與最親密的友人
喝幾杯香檳聊一聊這一生，
在金黃酥脆軟口的話語裡，
一生也終於像炸雞塊
好吃極了

活

如果，能像風一樣自在
穿梭在蜘蛛網孔
不吹破閃閃柔柔的蛛絲
我就可以感受到自己
輕盈，在天藍裡浮起來

望著海的時候，我渴望
潮浪拍擊我，雖然痛且鹹
但有一種真實的重量
使我，感到所謂的巨大

被壓著降下的暴雨裡，我
出走街上，閃電聲刺破耳膜
強迫自己開始回憶
那些一生中美麗的日子
彷彿路旁的少年人
在雨裡，即將死去
我要比他們堅強，為他們
撐傘，並唱一首晚安曲

日子如月光柔美的片刻
我向黑暗裡去，埋葬
罪孽與貪婪，還有那些
長著腳的忌妒，學會
聆聽一隻鴿子振翅的聲音

並且原諒，拿著棍子犯罪的人

我笑，我哭，我愛
我苦，也偷偷藏著怨
為了黃昏中蔓生的紫藤花

我活著

家

對許多人她是一道疤

沒有體力的時候
她抽走你的筷子和水

後來稻田插秧時
身上留下許多蟲胞
活活癢癢

想起被抽走的筷子和水
別無他法

結婚紀念日

今天，就是今天！
他準時回家
他餵了狗，
拖了地，
洗了浴室，
然後他睡著了
睡的極熟

離開的影子

火光閃耀傳說
黑夜適合書寫被判
流離失所的靈魂

影子都有主人
他們在燈下取暖
離不開對方
所以我一個人
向無光處行

走得越飢餓
靈魂跳得越快

它是傳說的門環
敲響在最黑深處
不要弄髒那個字

夜裡的哭聲

夜裡我獨坐椅子上
雨水嘮叨著她的風濕關節炎
月亮像個銀匙
風把星子搞的流行性感冒
我把黑夜坐得更黑
我把椅子坐得深深些
聽見身旁有哭聲　把
人群哭得更軟
我成為一張桌子
堅硬，穩固，筆直
收進深深的椅子

放上銀匙
而輝煌

我走過的路

我走過的路都留下我的小足印
我的鞋沾著草原的露珠
我走過的路都留下我裙襬的花
我的裙沾著蝴蝶的粉
我走過的路都留下我頸上的香
我的頸繫著十字架
我走過的路都留下我的髮
我的髮戴著詩人花冠

我走過的路都留下我編的歌
我的歌唱著我的生活

我走過的路都留下我睜開的眼
我的眼記憶著我的路

我走過的路都留下我的身影
我的身影前進向著我的路

飛蛾撲火

悄悄聲我聽到你說：「悲傷」
室內燭火明亮搖曳
一根枝枒映在我額頭
雨從大肆宣揚的雷鳴中安靜
你恰好的探出觸角
小小的抖動

意外的是我們以為
不會消失的昨天
在生命中遺忘，
或者永遠消失

我的眼神如一道閃電
逼視你一隻蛾一步步的破蛹蛻繭
安眠藥在桌上你左邊，窗戶在
你右邊，而燭火在前方閃閃發光
所謂成長，換我悄聲對你說：
除了海嘯地震般悶人絕望，還有如
吃一次馬卡龍的希望

破繭而出你的翅膀
終於完全露出並
逐漸打開
完好如你
摩擦雙腳動作像
一顆光滑的蛋輕巧滾動在

沒有車的夜晚高速公路
而我是臨檢的警衛
是你滾過的雙黃線

飛動空中
恆常向光的你
記起不變的撲火
我伸手輕輕捏住你拍舞的雙翼
像一個仙女我把你從
前方的燭火變到
右邊窗戶的外面

原生家庭

睡去的人翻個身
弄壞一池夢

媽媽老了
幾疊花衣服送給老人
窗戶外的光影常常
撲朔著屋內的暴風
空氣清淨機安安靜靜
我被吸入
又甩尾溜出

陽光，早安

所有的人共同醒來在一個陽光的早晨，
在世界末日預定盛開那天，我早餐桌旁
的黃金葛油亮著，安眠藥
打著哈欠輕輕
吐出一句歌詞：
「日安，我的愛」
帶著旋律搖擺

從窗口望出馬路，行人穿梭，
老人剛運動回來，小孩在街角等著校車
我新買回的咖啡機

還不會使用還有機會用
所有曾做過的錯事都已被原諒，所有
我的壞脾氣和我的驕傲
餐桌上牛奶嫩嫩的
盤中的蛋黃流出的汁鮮鮮的
還有比這更幸福的事嗎？當我
被看作是好的

愛

閃閃發光
猥褻的妓女
在做愛的時刻的內褲

也是如此

鼠色灰的天空中
下著細雨
閃閃的細雨
她的姘頭在雨裡遛狗

她正在窄小的臥室
拿起衛生紙擦拭私處
閃閃的衛生紙
就像她和她姘頭喝酒時
光亮的酒杯

花蒔

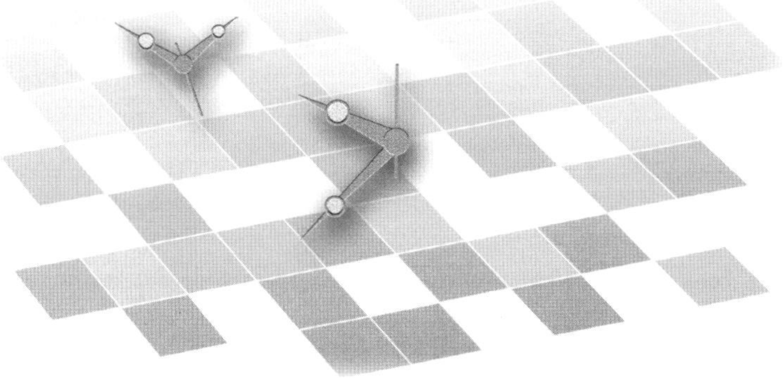

愛情

今夜我是盲人
整晚撫摸一隻貓的爪
想像牠生氣的模樣
最後卻倒在牠懷裡睡著

幻滅

今夜我是盲人
整晚撫摸一隻貓的毛
想像牠溫柔的模樣
最後卻摸到牠的爪

善男子

傳出「你愛過我嗎？」最後一個問題後
害怕知道答案
我不小心把手機
忘在捷運車廂
撿到的男人因為
看到我們的對話內容
深愛上我

給大學的戀人—D

你養貓
你出書
你成功
你當官

我曾是朵玫瑰
如今我是睫上沾露的眼

日常小事

噴嚏聲，將我和太陽一起翻個身就起床了
早餐的咖啡被噴嚏嗆出滿桌
碎冰塊卻涼了我指尖
昨日新買的特價衣褲在椅子上和我一起坐著
睡前去美容院洗的頭
還在送出玫瑰味

我倚在老公肩上
問他我屬於什麼顏色
他說淺淺的藍那樣的
精緻是我

我望著滿桌咖啡和冰塊
開始覺得快融了
為了制止這種我覺得
應該是驕傲的幻覺
我小聲說我真的只是黑色的壞魔鬼
他拎起椅子上的衣服，說，
壞魔鬼不會買特價品
整個早上我忍不住網購下了
整顆太陽
並且覺得太善良

鴿子的叫聲

以小碎步踏在街角
轉彎處所有的商店將疲憊打烊
睡眼惺忪的音樂歌頌著——
耳朵想要聽懂的又一個新世代
小貓喵一聲從街角跳上二樓窗戶
傍晚固然一片陰鬱
將死的老人般使人心生憐憫
雨水活蹦亂跳自上帝計劃中臨到
你是過客，也是歸人

暗夜已經全然降幕
我們轉動鑰匙的喀擦聲
擦亮你我的身體
從商店買回的咖啡開始
逐漸轉涼（一如這個季節）
對面的窗戶有人凝視著我們
他的眼睛裡有鴿子的叫聲

碎

我們坐在桌子兩端
像隔著一層玻璃海
是你寫來的
瓶中信被海豚吞下
我沒收到
我想要描述一種白
雪般桐花般花蓮雲般新娘紗白
但已與你無關了
桌上的瓷盤
從你坐下後就碎了

幸福

你說你想回來
但我們中間的山谷很長很寬
秋天再來了
展開一種芥末的味道
我們都沒忘去年秋天的婚戒
我眼睛嗆出了綠色的雨下在谷中
閃電劈開天空和樹木
我是一株草
第一次因此感到幸福

他的讚美

常常如此
乾淨少見的誓詞
希臘海邊的藍與白

如日月占據天空
你我共同廝守
白日黑夜正面和背面

煮水時氣泡等待沸騰
火苗的青藍逐漸升溫

小麻雀輕彈草地上的跳躍那樣歡喜
歡喜如一件白紗衣被蕾絲繡上
他的讚美

婚姻

後來我們都朝了它去，
一直缺少的只是青銅的顏色
和不摩擦的流星

如何能夠以一支筆
借來二十年戀愛的細小描邊
畫下貼在你的衣服袖口

像一件咖啡色的羽絨衣
那間隙深刻像
木頭的年輪

像你一生點菸的低頭

我們在煙火點亮處之外，
爭執和遺憾
在共同的回憶中不知
明天溫度的表情
是否這些洋蔥式脫穿的齟齬
是為了更深更暖的擁抱依偎

此刻，我將床頭燈熄滅
如紙張的被收起
將年日鑿洞

雨

如何在你裡面
而不感覺刺

一種強大，一種書本
一般的閱讀讀我

冷是你
傘撐開後，
聽頭頂的聲音
敲打鼓面的鼓槌

冬盡了
你大張旗鼓的走了
命運的遲鈍與
青金石的寶藍，
柔粉的杜鵑衡量
一隻枝椏的耐重

但那些蓬鬆卻
堅定不移如蜜般
寬宥似我的雲
不曾有刺

雨夜

雨已下了整夜，午夜電視螢幕還在無聲閃爍著，此刻，我聽見樓下屋外有人踩在水窪裡的聲音，像雨夜打著飽嗝，而我們養的虎斑貓跳上茶几打翻了涼茶，濃茶一滴一滴滴在地毯上。電視播放重覆的廣告，我百無聊賴的開始替手指擦上黑色指甲油，而你順手點燃一根煙，反覆吐出圈圈……

雨變大了，打進屋內滴滴答答，茶漬正在擴散，指甲油一直被我不小心塗出甲面。在我結束塗指甲油之前你關掉電視朝窗外丟出煙蒂，一根落在樓下屋外水窪裡。

熄滅的火苗像一縷無聲的求救。

慾望

在失眠的夜
想塗卻塗不好
指甲油
手指因此先睡了

起床對鏡畫眉
卻失手錯鈎眉尾
眼神因此錯了

低頭喝下午茶
一根長髮

岔入茶杯
口紅因此尷尬

想長成一朵紅玫瑰
女人努力增添幾點妖
又怕變成一尾狐

再見

不要擔心
你沒看見天天已經亮了許久
昨天別後大雨的夜晚
是你給我的安眠曲

愛情

當中午豔陽開始囂騰
偶然我遇見你
在那裡那個轉彎處窗口

陽光很亮
我們相遇的幾秒很短
但我們互相記住了對方
削瘦的頰，和
縮成一團的影子

我們問候的聲音都很沉
低頻的那種
屬於同一種鯨類
不屬於陸地

我很想你
那艷陽天後我們沒再見
愛情曾經發生在那天
沒有錯過
只是短暫
像正午的影子
像日益消瘦的頰

殤實

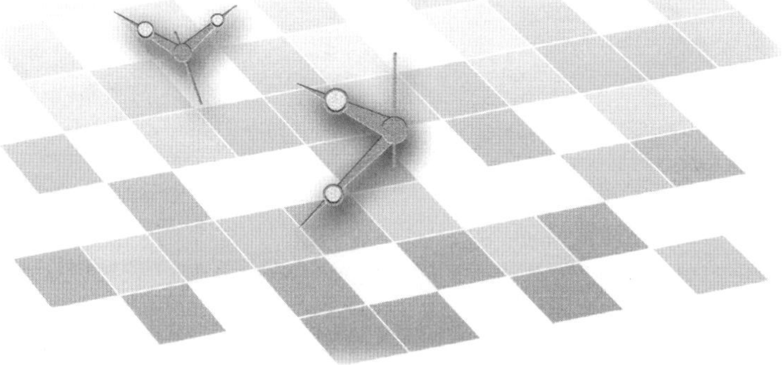

爸爸與我

在一場陽光晴好的春日午後，
我找回爸爸
我精心裝扮後與他一起出遊，我，
在原諒中找回我自己

像當年的我，
爸爸突然得到嚴重憂鬱症
我被回憶襲擊
像長期改來改去被遺忘的手機號碼
像青春期憂鬱藍色房間包圍
矛盾的我

小時候我追隨爸爸的身影
像一隻折翼蝴蝶圍繞翠綠草葉

曾經一直那麼有神的爸爸，
散發迷茫，
他的身體日夜躺在床上，
牆上時時翻身的秒針盯睄他的眼神，
就如我曾經的那樣
爸爸終於懂我躁鬱症走經的
鬼魅深谷
和一次又一次推磨
意志的碾磨
一場原諒與不原諒的拔河賽
在我心吶喊

躁鬱症是觀眾
天使與魔鬼是兩邊的啦啦隊

我們都應該要像一雙鞋
有被脫下的時候，也有
承載的時候

我原諒了打人的他
和他出遊的那天下午
陽光不刺人，沒有人過冷，
有恰好的微風
和他神采的笑與眼神
我們都如此美麗，雖
如此艱難，但
如此寬宥

迷路

她和爸爸一起去遊樂園，爸爸不小心和她走失，手上拿著剛買的熱巧克力，她哭了，那時太陽很大拿著熱巧克力她在路旁的躺椅上睡著，醒來天已經黑了很久，她沿著長長的人群，自己找回家，那是她此生做過最可怕也最長的惡夢。

我的憂鬱像眼球一樣跟著我

我想要寫一首詩
說一說我的憂傷
它像眼球一樣跟著我
不解而且攝人
只有一桌燈的夜亮開時，你知道嗎
不是冷靜竟也不是自由

天氣總是多變
我總是不能上班
沒有任何一個名牌包或高級保養品
我從來沒有在乎過

我猜自己是幸福的
但我的爸爸早已不愛我
沒有人陪我說話的時候
我就腳心蹉著腳心躺在床上

被斥責被羞辱的日子
都過了嗎　我想要整個下午
看一部現代功夫片
害羞的女孩會有不畏艱難的男孩來愛
其實她只是不想被當作壞小孩
不想離太陽般現實那麼近

會不會有人真的懂我
當我把媽媽左腳和右腳的鞋子偷偷互換

當童年那一幕被保護卻又
像一個洞將我埋入
從此是愛麗絲歷險與小矮人
我又如何能像傑克魔豆長成巨樹
也許下雨的夜只是偶爾出現一隻鳥
從可能的靠近裡飛走
儘管我想要看它停留

洋蔥

我的心臟像洋蔥
父母的心臟也像
同樣的剝開它們
使我
不斷流淚

今夜我失眠

今夜我失眠
難過，失望，和焦慮帶著
茶的影子　洗臉毛巾
拖著鞋跟在牆上
牙刷沒有濕
沒有水聲從浴室傳來

爸爸說：「洗臉時水珠不可濺到洗手台」
他，不知道洗手台太低，
彎腰洗臉很難受

我不敢告訴他

凱蒂貓時鐘在臥室
其實我喜歡哆啦A夢的藍，很乖很乖的
我愛上凱蒂貓
是不是我太想被愛，那曾使我
自卑像白天時一隻過於
盡責的日光燈，
或夜晚裡一杯老覺得
做錯事的咖啡

寫詩的茶已涼
客廳的窗簾暗示出
即將啟幕的深夜

我童年見過的那一幕
為何使我我沒有精神
直到中年

禮物

時間如髮，黑瀑般傾瀉而過
一顆夏天過熟的桃子老人癟嘴般癟去——
我的父親也老了
和我講話那一瞬
常睜不開打盹的雙眼
臉上甚至頭皮的過敏
時刻麻癢著他

我怨：
我十四年的疾病，
無法工作，和

沒有完成的學業
那些生病的日子裡，
童年的日子裡，
像還沒玩就被弄丟了玩具的爸爸
用他唯一會表達愛的方式表達愛：
他工作賺來優渥的薪水，

是我那樣厭惡的表達方式

夏天完全到了
像冬天爸爸給我豐厚的紅包
爸爸贊助我夏天的日本蜜月旅行
爸爸說他放心不下我
想要出些錢，

幫我和先生換棟放得下
我的精神食糧的房子
蜜月旅行回來時，
我也替爸爸帶了一份禮物：
日本金閣寺的御守袋

只有兩百五十塊錢的御守袋
爸爸掛在車上，上網
蒐集金閣寺的資料
張大眼說，金閣寺好漂亮阿

爸爸對我的愛是錢，而我對他的愛
不過是路上一張廣告傳單
薄薄輕輕，不掛在心

私語

——悼亡父

還有機會再說「我愛你」嗎？
你已經離開我們
你用舊的手機
已經不讀不回
訊息遺流的
是一串淚

五月的時候開始放晴
（我的心仍撐著一把雨傘）
思念是已讀不回的玫瑰

父親的葬禮

——紀念自殺的父親

或許是一片葉子
不得不在秋天落下

但也還有些什麼
像瀑布那麼無情
拋下一切跟從懸崖

水還在流
天也還藍
但逝去的爸爸

我比兩個月前葬禮時
還要想你

你的死，
一整個夏天的死亡

感恩

跟著得了近視的日曆
走過了青春
綠燈亮在十字路口時，我
剛好走過斑馬線
婚姻一度像夏天裡過年的太陽，
過於令人熟稔
所幸教堂的雨及時而下
淋濕太瘦的日子
爸爸今年過世時
我們互道抱歉
不再端起放大鏡看彼此的指頭

用吃藥和相信一朵玫瑰可以綻放
渡過長長的精神病生活
還算勉強美滿的人生
因為小鳥在頭上歌唱，並且停留
爸爸媽媽撐開彩色陽傘
因為上帝天空般的愛

思父

天空雲朵此刻潔白，藍天此刻澄澈的吸人
我相信你在天上最近我的地方
無風無雨

我們共談或一起散步湖畔的下午已經過去
未來沒有你了——
你不會再出現
我喜歡小時抱著你大腿那樣的約定方法
想，那樣，和你約定，我會
照顧好媽媽
會在書桌前養一盆植物，並記得

給他陽光和水
像他想活著那樣堅持活動，
把我和你的相簿翻開　看你為我從小紀錄並裝飾的樣子
並且流淚

明天應該還有陽光
而我們不會再一起吃一頓飯，
或共同遛狗
但是你愛著我如同我念著你
以你活著時勇敢的樣子——
我曾抱著你的腿，在小的時候，站著，依偎著
如貼著一座城市

念父

沒有逃生出口
死亡是你的結局
水蛇想要爬向太陽
屬於你的季節花紛紛落下

光一直帶著影子
你竟就這樣永遠消失
連一隻鞋也沒有留在腳上
拼圖開始只剩下殘片

愛

這其實是一隻燭
願意不願意
在夜晚被點亮的問題

夜晚降下的雪
照亮我的影子
和我的手套

走在雪裏，
所有潔白的靈魂是我
我是夜晚雪地的燈與燭

我是冬天過去春天來臨的
那朵櫻花
在雪地

LORD TIME

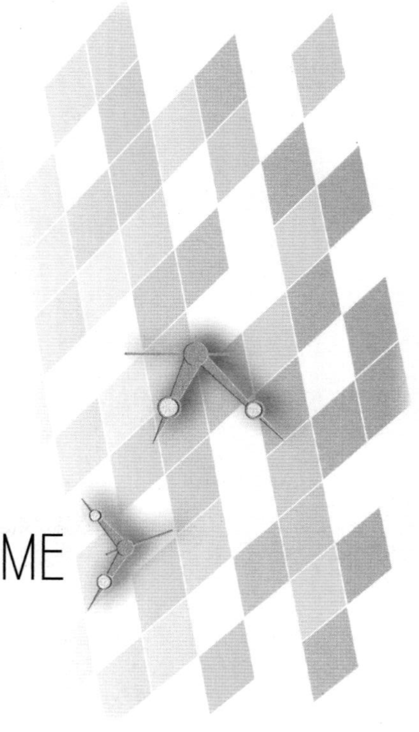

那些時刻

想起我是沙包，父親抱著我滑落
眼裡的珍珠，
我從此忘記了父親
一生給我的石頭裂縫
想起一年一次我的日子
和朋友慶祝甜膩的蜜般
日子像月亮那樣淌著水，
想起第一個情人
彎腰抬起
我的手　王子低頭啄下

當我靈魂的金黃與淡藍
低語著上帝創造的那片海，及
我的美好與不美好，譬如
善良，勇敢，對自己的罪惡誠實，
任性，奢侈成性
那些時刻悲哀遠離
恐懼變成一隻夾尾逃跑的狐狸
在森林裡找不到
可以附身的人
我知道在上帝眼中
包括妓院裡的老妓女
值得一千朵玫瑰

一朵沒有名字的花要如何述說她的故事

一朵小白花開在青草地
綻開的花瓣，穿著
自己十分喜歡的白紗
中間的黃花蕊像皇冠

小白花，披著透明的白紗
在熾熱的9月嫁給一個男人
像風吹動腰，在風中搖擺
我們都不能選擇，不被傷害
卻可以選擇讓誰來彌補傷害
我想要帶上一枚戒指，永永久久

我是如此孤單，怯怯
小小，像你一樣被綠草掩蓋

一個從上帝而來的夢
告訴我，這男人是我的丈夫
傷口永遠不會癒合，如果
我們不勇敢再去愛
聽著風吹動窗簾的聲音，那樣
有力的拍打聲和小白花一樣

我在臥室輕輕擺動身體
如果幸福是一朵開花的紅玫瑰
我也是風中搖曳的戒指花
如果命運不幸是一把混合腐葉的泥土

我會有上帝的補償
帶我從泥土升到天堂
我在那不會再受傷
於是我在9月嫁給了他

上帝的愛

閃電降下
獵人用箭射我
天上的父對我說
我藏妳
在我巨大雪白的翅膀下

躲開箭矢
把自己鎖在壁櫥
拒絕面對這個缺少耳朵的世界
愛情和閃電一樣劈下
聖經被當作娛樂新聞

上帝成為我的金城武
屬於報紙的遙不可及

闔上報紙
一直想要親吻粉紅寶寶
我長出兔子耳朵
精品店的名牌包
我用了一生的積蓄買下它
和金城武戀愛
終於感覺到翅膀覆蓋的溫暖
如同聖誕節那頂紅帽子
美麗，親切動人

是上帝的愛

春夜池塘

今年我新擁有乍暖又寒的春天，
愛心項鍊，綠色眼影
可可色指甲油
卻感到老去而不甘心
非關乎面膜
笑容裡有一點魚尾紋
仍然會賴床
像一隻永晝的貓頭鷹
睡醒後還想再睡

愛裡沒有懼怕，聖經說

愛既完全
就把懼怕除去
我和日夜滴答的時鐘做不到
尤其在魚尾紋下
畫上綠色眼影的那刻

我記得三歲那年
爺爺騎車出門為我買水果，
而車禍死去，
烏雲在我身上開始降雨
可是不敢告訴人
會被當成掃把星
——幫忙者，必定遭遇不幸
因為我害的。

活動裡只要人不開心
我想是因為，我參加

顛簸前半生
原諒背叛的情人
也得了躁鬱症，而我的不幸
能否使我化為一朵紅玫瑰

可可色指甲油脫落
眼影遮不住黑眼圈
愛心項鍊不能帶著洗澡
忽冷忽熱的春天躁鬱症容易發作
寫詩，精神層次的追求，永生的上帝，
原諒，

愛，

會帶來真正的擁抱自己
會讓每個人在暴風雨中
仍然像一隻春夜的青蛙
池塘中高唱不已

永恆

我在結婚戒指上刻上Forever
刻字的人沒聽懂
拼成For Ever
那時過去是一層濃霧
我把戒指保存在抽屜
一打開就聽到滾動聲
結婚那天
恰巧打開抽屜
聽到

過去是紀念
今天是決定

我輕輕記起從前
將它與婚戒，
一起戴在手上感謝

飽嗝

想像
一碗麵的味道
上帝不曾打過飽嗝
祂只是將
魚和餅分給眾人
每一日太陽昇起前
謙卑的禱告

受害者

他住在她買來的房子，有時
買些小禮物送她
她覺得他可愛，溫柔，
笑起來有淺淺的酒窩
她真心對年輕的他說過我愛你，每月
給他許多零用錢
他稱讚她美，說他很愛她

她最愛他的手，骨節突出的恰好，指甲
溫柔的像乾淨的吸盤

他一直沒有工作
因此，那晚她說要分手
「如果你敢離開我，
我會用手
打塌妳的臉」他這樣回答

像吸管攪拌杯裡的冰塊
他說要打她的聲音好清脆
警察來了　把他勸開　她問他們：
「他為什麼不愛我？」

候選人不明白

天氣很熱
冷氣機均勻呼吸小口吐氣
我們在辦公室
像水族箱裡的魚
在我右邊健保受理人員
吐出泡泡和詢問的民眾講話
政府喪葬補助承辦人員
坐我左邊，擺鰭手指
敲打電腦鍵盤

「三十三號民眾請到七號櫃台」
今天上午已經有民眾來區公所向我
領取低收入物資
我負責發放食物給他們
我在區公所上班
我的櫃台不用抽號碼牌
因為屬於
固定族群：低收入，老人，殘障，
弱勢兒童或少年
他們衣著不一定整齊
有的是遊民已經沒有身分證
大部分皮膚黝黑
大部分很可憐
有一些領取物資的資格沒有再被核准，

我們還是發放給他們
因為走到這個櫃台來
就是已經沒有自尊
就算領到的只是一包米
他們還是拚命說謝謝

到了休息時間
我去餐廳吃飯
自助餐餐廳的電視
播出候選人去夜市吃小吃的畫面
我扒一口自助餐
覺得吃小吃是件幸福的事
但候選人都要到選舉才會真正明白

飽足

靈魂張開網時
愛與恨就被捕捉

我是一隻蜘蛛
捕捉食物蟲和
慾望的風

因為害怕死亡
他們將名字
用鑿釘刻下
讓堅固的石捕捉在身上

因為害怕平凡
他們的網
常常碰到蛇
而我的網也
還只有一片落葉
和葉片上晶閃的露珠

但是那些捕捉到
痛苦與後悔的靈魂網
有一隻上帝的蝴蝶
使它永遠不凡

喜歡的事

我喜歡綠
像電腦桌上綠色仙人掌
喜歡開花，像
仙人掌在沙漠
喜歡早晨起床
喜歡早晨起床幫我的小鳥
換新鮮的米　在院子裡讀聖經，唸出來
並在讀完經為所有的感恩
喜歡晚餐後
留一個蘋果核給我的小狗

時光有時又被浪費一些
而我什麼也沒做只是
發呆　看愛情片　睡覺　幻想
但是我喜歡
喜歡這些有時更甚於寫詩
甚於不寫詩的罪惡感

那些討厭的事

我討厭舉槍自殺
因為會讓我想起我最愛的海明威的死亡

我討厭進化論
因為達爾文說我是猴甚至猩猩演化而成

我討厭冬天風起
因為它破壞撐傘漫步雨中的浪漫心情

我討厭所有女孩子那種
買回一雙壞鞋子的笨女生情結

因為我已經失去我的蘿莉塔女孩而且
沒有人陪著我

我討厭舊紙箱裡的流浪漢
因為我口袋剩下的銅板
和同情心一樣不再多

我討厭我粉白床單的床舖
因為我不準時報到的月事
總會滲出一些在粉紅與白之間

我討厭荷池裡的睡蓮
因為它們只能睡著了死去
而池裡的錦鯉游來游去

是穿著俗衣的小丑
於是
我渴望一種死
同時渴望一種生
激昂的
奧秘的
永遠安息的

這不重要

當天開始下起冷雨
黑色的羽毛同時飄下
果汁機裡的鳳梨變成紅色
像是火燒的黃昏攪成末日
它對我說，
自己這肥胖的身體
終於被靈魂丟棄

天堂裡沒有死亡
哪怕有人說是甜蜜
粉紅色的比基尼

沒有不被允許
但白色的翅膀
上面有更美的
紅橙黃綠藍靛紫的眼睛
對我眨眼
把天堂的天空映出花朵

審判開始之後
我也有了新開始
瘦瘦的新身體
曲線合宜的小腿和膀臂
是我那樣一直渴望的
也有了顆新心，
但像現在

在我喝著鳳梨汁時
我大腹便便
四肢粗壯
但
我知道
這不重要
因為白翅膀現在就圍繞在我四周
她們不只眨眼還流淚

忘

療養院裡有人忘了自己
我開始被昨天遺忘

上帝有時候會靜默不語
春天與花朵約定的時刻還未到
人們總是輕易
又忘了原諒雨天
忘了原諒蝴蝶和獨角仙的爭吵
紅海曾經分開過
死人也曾經復活
聖經傳說像世間愛情

人心的歸處

我忘記了關緊的窗簾也會吹開
忘記白天的太陽和
晚上的月亮都只有一個，
不懂要拿到傑克的魔豆才能登天

所以在媽媽，老公，和上帝肩上長長的等待痊癒
有時終日沉睡或每天發呆
把寂寞與恐懼
寫在所愛的紫藤花瓣上
所有就算是一滴眼藥水小的關心——滴入的那刻都那麼舒服

昨日終於已大部分遠走

遺忘與原諒是
香醇的焦糖瑪奇朵解藥
飽滿光滑的未來抽掉回憶，
聖經沉甸甸重量與光滑紙頁像我收集的馬克杯
裝滿我對每一刻
清醒過來的咖啡滋味

上帝將替我
肩起我一生尚未入口的苦與樂
雙手合十祈禱，
我感覺緊扣的
那樣溫暖

祂將我放手心上

所以我有起伏的情緒
有生病的苦痛
有媽媽編給我的許多手鍊，環環套住我擺攤的生活
有爸爸做的三明治，
有老公送我的鄧雨賢動人CD
有雨打在傘上的愉悅的
滴滴飛行聲
有一盆黃金葛伸出嫩手
靜靜，在我閱讀的房間生長

祂將我放手心上，允許
全世界流淚，
祂牽我行過低谷
祂讓我演出沉默的　卓別林

祝禱

又是一個失眠夜
昨夜太多次折疊後的棉被
適合今夜，回溫
床上身旁伴侶的鼾聲
削去的側黑髮
說著青春曾經的亮
回溫不只鼾聲
夜越長
你的明天越有
鍾愛的牛奶香
把夜微小燈火都熄滅吧！

全涼和全盲
不只是我們曾經的專利品
也曾無語更無聲的守候
一面鏡子比影子清楚
照見我倆，牆，和釘子
那夜，鏡子被拳頭敲碎
你打破苦與盼，活與死，
無罪與不信的一生掙扎
今夜你的深沉鼾聲與
我寫詩的不眠
祝禱每一個
鏡前人的煙嵐山水身影

無懼於長睡

尋找草綠的蔭蔽
軟的觸手
腐弱且軟憊

疲倦或
疲倦而久久無法起身
是一種咖啡的紳士淑女論

我說，親愛的時間，
航行在滾滾江口
所有在船上被載不動的

都是抓不住水般的你

那夜那麼長
連白晝也被他下私語的咒
我禁不住哭了
只想得到極地的神秘莊嚴永晝

但就這樣吧
在枯衰的黑白眠意中
再刻下幾行字
儘管無法再得到什麼
還想讓手指
再畫下白天的雲朵
給你和自己

晚安

天色緩緩落幕
白晝走過半個地球
我走到安眠藥的夢中
走到一天的平靜深處

她經過躁鬱與妄想的壯年
也經過黑夜與你不知道的貧窮
這一刻的平靜使我又想活下去
活在平靜與上帝的永恆

愛

海洋上噴水的鯨魚
尾巴拍打幾尾水面
日光嘹亮輝煌
整座海的孤獨被鯨魚的歌聲鳴唱
一隻信天翁飛來
停蹲在它背上睡了
整個宇宙安靜起來
海洋因此有邊
因為它的存在

彼時

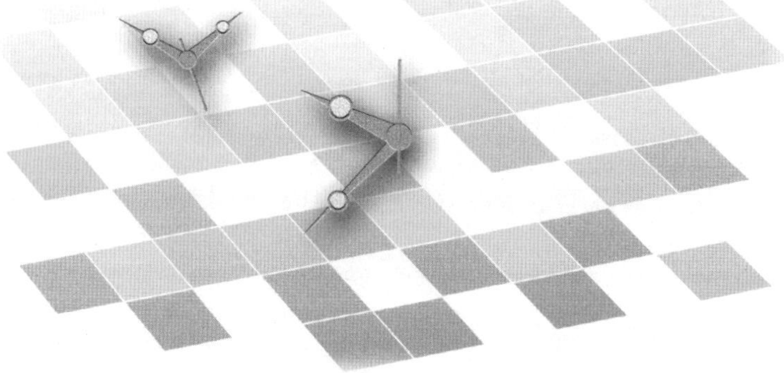

傘

攜你步行紅磚道
你額頭敲響路面的每一聲
像情人的骨
撞擊　我身
浩浩蕩蕩

委屈

屈身於我們牙齒和牙齒間的一個細縫
歉意對折再對折
「謝謝（對不起）」如同蝴蝶結的結心
那樣實在——從口裡流出

郵票始終貼錯信件
被封鎖的訊息無人認讀
你的瞳孔不是黑色的

不遠處有霧
他在霧裡亮燈

疲倦

棉被裹緊緊惺忪的鮪魚
睡眠久長，越睡越睏
一把刀醒來
從頭頂頂櫃掉下
正中我的腦袋
流出的不是血，
是還想睡的哈欠

夜

——我的愛人

當你的髮隱去黃昏的客棧
我就逐漸醒來，
聽一段音樂，
替你與我的夢梳理，
幫你綁長馬尾，
聞你身上的白麝香，鳶尾花，和
紫鈴蘭，
和你一起走遠路，
在敵方大軍攻陷黎明城池前
揚髮策馬與你

子夜關牆外
互許終身

雨

濃濃淡淡流入排水溝的調味汁
苦了夏天的火胃
甜了傘下路人的不在乎

樹木的碗蓋因此綠油
溪水等飽過了後就減肥
車子經過車子也悠閒了馬路
風景潑墨眼簾
魔鬼頭角折斷
對於沐浴的魅力

我開始
不能抵擋

颱風

颱風老的時候
就剩下雨

雨刷踢走了雨
風暴中
鬼魂正紛紛消失

我的手臂
比那個幽靈黑
連我的臉也變深了

懷疑有時又像幽靈回來
我終於恨起這場風暴
它不讓我們依偎

年老的女人

現在老的時候
妳將爬滿藤架的玫瑰
種在院子
更老的時候
將玫瑰摘下
送給你的狗
再老的時候
脫去你的大衣
披在你丈夫的墳

馬克杯

厚杯緣的你
滿肚子的不合時宜
晚上喝進咖啡
早晨吞入眠藥的水

我的善良腦袋

被不尋常腦內分祕影響的善良腦袋
天生愛笑　思考複雜
多愁善感的愛起秋風與

冬雨　在被機車濺起的水窪中
欣賞水花的圖案，公車裡乘坐時覺得像
安穩的搖籃　替焦黃發黑的楓落葉
找尋秋天的遺跡

像花朵像彩虹像世界
一整個失序且繽紛的自由自在

唉　有時候我真不知道拿它怎麼辦
我單純善良的腦袋

講話的三明治

三明治扯開喉嚨
蕃茄從吐司伸出舌頭
火腿低吼一句三字經
洋蔥和小黃瓜
在早晨互相問好
生菜向上帝祈禱
胡椒不打噴嚏　它說
給我一包奶精，半包糖的咖啡
我就可以生猛一個上午
被吃下肚的
其實只有蕃茄醬

因為她最不可缺
也不過胖

晚餐　愛情

抽油煙機吸入炒菜鍋騰升的氣
你的脊椎比氣更直

我燒開一壺水
涼了後
我們喉嚨
開始入味

日子

1.雲朵述說秋季午後長長的故事，有些屬於他們，有些屬於你們，一朵波斯菊在花店等待出售，它的亮紅是這個午後結局唯一的可確定，我買下它，同時買下咖啡店的曼特寧包，買下手工市集的茶樹香皂，為的是買走一個你寄放在飄遠的雲朵裡，只留下我在秋日憂鬱裡如波斯菊的美麗。

2.日子有時寂寥，也有時幸福，季節的嬗遞是宇宙百貨公司的周年慶，普渡著亞熱帶時光的來去，我在赤道與南北極想像一種探測器，探測上帝的伊甸園，世界末日，與天堂，在不可看見的小王子與玫瑰花星球夢想所有可能的新結局，在火星探測器登陸星球時，偷偷把自己變為一根肋骨偷渡上去。

傷

像一場只有廣告的電影
還不知情時
她聚精會神期待
後來，卻生氣不能轉台
連她帶進場的貓
都不耐煩了

回家後她被抓傷的傷口
癢紅刺人
反覆的摳掉結痂　看到
那層未癒合的皮膚

像這場電影與初戀般
至今磨人

時間的洞

從公園一陣金黃太陽雨中
我掉進時間的洞裡
所有四周景物瞬間凝結
所有只屬於我

像是一名富有的偷窺者
奢侈的我看見一隻貓正試圖
跳上公園的長椅
她白色的後腳力道騰空
身體劃出一道弧線
不遠旁

被風吹動的樹葉停舞在樹梢
它們顏色油綠
當我老去懂得遺忘
我要讓它的綠記得我
入口處鮮紅的兩顆草莓
在情侶手上正要餵入彼此口中
當我老去懂得記憶我要
記住今天的紅
涼亭裡嬰兒
在媽媽的胸前吸吮
當死亡來到我生命之前
我要有一個小孩將他養育到大

沒有眼淚的時候
我要學池塘裡的錦鯉
成群悠游供人讚賞，
讓人歌頌我的美
還沒老去之前我要大聲唱一首歌
讓雲朵包圍耳廓，
月亮，花朵為我
閉月羞花
在我的歌聲老去之前陪我慢慢
留在時間的洞裡
長成一朵紅玫瑰

樹

盤根錯節
踞立泥土地面
不尋常的壯
有老
松鼠的尾巴
鴿子的頸

溜進咖啡廳躲雨的貓

你的尾巴輕拍地面
一整個下午從地上到桌上你與我對望
偶爾翻身偶爾舔舐自己身上的毛
宇宙對你我是一樣的
如同我把自己的臉影
倒印在咖啡杯中，攤開
那面記號的書閱讀

騎著摩托車人們渴望
收藏自己的影子，
並且努力買一份受潮口袋裡的工作

去淺眠的歐洲旅行，同時咒罵
狂熱的主義，而此刻
你是否感受到
一個相同座位陪伴的樂趣

像你是我書面自己的注釋
一整個下午你只是安靜，
我在書頁上用鉛筆畫出你
你的瞳孔裡有我微張的鼻翼
是一份精準的巧遇在雨天下午咖啡廳
我們一起發現雨停
「你若要瞭解真理，
就必需先擁抱真實的自己，
認識奇妙的上帝」

你走近我攤開的書，
在你的畫相上印上了一個微濕的腳印
並且斜躺在上
比我的書更真實的書

咖啡廳此刻
碰巧進來一對老夫妻
他們收起合撐的傘
點好餐的茶杯印著兩朵玫瑰花，
乾淨的黑色鞋尖
沾著水珠
聞著鮮黃的茶香　我望見
攤出雜誌閱讀的他們
你一躍下桌

爬上他們的咖啡桌舔舐
日光下你微潤的爪

給我的一切

——給我的寵物狗——皮蛋

我怎能不憐愛牠
當牠輕巧的
來回爪觸我向我乞食
不在乎那只是我盤中食物的一小口
以及口中不慎掉落的殘渣

我怎能不感到愛意
當牠的頭垂倚在我的大腿
我的手搔著牠的胳肢窩，肚皮
和下巴

牠的眼已經亮起

我怎能忽視牠
當下班回來
牠衝向我，狂吠
像一個迷失的信徒找到唯一的神祉
熱切的眼神裡
有兩顆磁石晶光

我怎麼能不感動
公園的大片草地上
搖著尾巴喘著舌尾
黑色的牠從遠處向我狂奔而來
那油活的黑撲進我

此刻，人群銷聲
腳踏車定格，
陽光輝煌，

牠滿身青草的野嗆味
是不能取代的生命
在我一生如同切割精美的鑽石

冬夜夢

冬天變長了
晚上躲在棉被裡作夢
變成一件好好的事
躺在床像躺在海洋
你是波浪的夜晚

For you, DEAR

——給精神病人的一封情書

這氣候多變
DEAR, 我知道你眼目
仍隨著侯鳥取暖高飛，嚮往一種夢想的水平
例如：畫畫，或美麗頭銜的工作，
也有可能和我一樣：寫詩
那些原生家庭的壓鑿，拼命打槌
DEAR, 我知道那無法使你成為重要的軟木塞，
讓你害怕變成早晨短暫的露珠，
把寂寞在夜裡
一圈圈繞在指尖

DEAR，上帝未曾應許天色常藍，
不知道你是否和我也一樣
走在日日危氈的失憶與老化鋼索線
我曾經渴望有一隻鳥經過時停留：
牠未曾停駐……
我的青春就這樣如牠而逝
DEAR，不知道你知不知道你父親
最愛的食物或顏色
我想把豆芽菜染紅紅燒給我父親
在先責怪他不夠愛我之前

DEAR，讓我們都先學會最重要的事吧，
讓我們看清孵在企鵝巢的所有夢想蛋
破殼而出後其實都可能沒有

那個十三劃的愛字重要
DEAR，我們的人生已是千瘡百孔
原諒所有恨意和羞辱
原諒那些背叛和齟齬
控制這些不愛與憤怒
DEAR，這首詩是寫給你的，
讓我們同樣不要忘記熊熊烈火的命運逃生門：
那裡有活水泉和一場漂亮的命運勝仗

愛

來玩捉迷藏好嗎？
我努力躲起來讓你找不著我
就是從前那些
我手掌矇住你眼睛
又張開小縫　讓你
思念全部的時候

後記

走過二十年的躁鬱症，我至今還在服藥，老公也是，但是感謝上帝與醫療的進步，我們都已恢復了七，八成。花會開花也會落，一朵花也有可能自開自落，但有一個片刻，有一個人駐足花下哪怕千萬分之一秒停留而已，我就記住了他的面孔。人覺得幸福了，還會為什麼事而動筆？那就是覺得那是值得的事了……

聖經上，保羅說，我知道怎麼處卑賤，也知道怎麼處富足，凡事凡處我都得了要訣。處卑賤時我讓自己被時間踩過，被一顆微塵感動，處富足時我為生活裡的所有擁有及沒有的感恩，為我還沒有力氣去愛的及恨過的道歉。這一生，我渴望父愛，卻得不到父愛，父親過世前我們和解了，這是我最大的安慰。

我相信秩序，相信在所有主張或意識形態裡都有權力運作，但這不違反上帝讓世界有樣子；讓意識形態有秩序及原則，我喜歡誠懇，自由及信仰，希望自己不要那麼急性子，支持倫理，接受同居或單身，但不接受性解放，喜歡自己貞潔，支持願意貞潔的男同性戀。相信就算這個社會不認同我，我還可以活著。知道有些太複雜的事，不是我的世界。而那些太複雜的事，我將它禱告交到上帝手中，讓上帝去主導。

在第一次住進精神病院時，我把別人丟棄在病院垃圾桶裡，一個發餿的便當打開來吃掉，因為一個聲音一直恐嚇我說，妳不吃下這個便當，就會死，我吞下了那個便當，然後哭了兩個禮拜，後來雖然還有住院的經驗，但我從此得到在精神科病房活下來的勇氣，因為還有比住進精神病院更糟的事。最後一次住院時是二〇一二年五月，那時我和我家人身心俱疲，我母親一度以為我需要住院半年到一年，但那時聖靈已經逐漸得到我，我心中有一股力量知道自己是配得愛的，所以在醫院我和醫生要求寫申訴之類的文件，和家人提出不同的要求，醫生看完我的申訴書，給我十天的觀察期，我將自己表現成全醫院最好的病人，後來十天就因此出院。到現在都沒有再住院。並且從二〇一二年五月出院之後開始動筆寫作到如今。這本詩集就是我從二〇一二年中動筆到二〇一六年底的總合，我相信詩是我療癒，自我對話，抒發痛苦的出口，更是我生命的紀錄，我將它視為對家人，丈夫，上帝的回應與他們互動的紀錄，雖然詩也該是為一種技藝，但我在這方面還在思索方向，我對自己要求很高，就詩對我目前是我的靈魂的解藥，也是我悲憫的良心。

在我學生生涯我一直都被視為菁英，無論是在高中或台大我都是學生會的重要成員，但上帝卻帶我滑到谷底，我相信這是因為我神要我永遠不要犯驕傲與貪婪的罪，所以祂一次帶領了我永不犯罪，我的人生是苦的，童年的陰影和爺爺的死像個鬼魂如影隨附著在我的耳旁，我一恐懼時就呢喃著妳有罪，對於和我一樣經歷的人，我會用詩句和代禱澆灌你們的園子，並且希望有能力成為你們的朋友，我會為此禱告。

感謝我在台大的男友D先生，當我在台大發病時，關懷的溫暖的友善的愛情與其它同學的友誼使我撐到畢業，而和D先生的愛情，雖然我已嫁作人婦，我們當年也因為彼此的孩子氣吵架分手，但我還記得他在台大時陪我去看病的總總之事，那時如果不是有一個男朋友在身邊肯定我，我是會垮掉的，我很感謝他。後來我移民國外，甚至出國念研究所，並考上國內東華創英所創作組，但我畢竟因為發病了，兩個研究所都無法唸完，還把整間房間的文學藏書送給陌生人，生病的十四年後來我大部分就是發呆，幻想，病好點時就一個人去喝下午茶，逛美術館，看電影和舞台劇，或買些喜歡的小東西，我以為我一輩子都不會再碰文學了，也沒有再閱讀任何書籍。這二十年我一直深深思念童年的玩伴，國高中的死黨，小時的親戚，台大的同學，在心中琢磨著思念，但我卻自卑不敢和他們連絡，甚至就在我最思念卻失去聯絡的時刻，上帝奇妙的帶領，讓我在巧合中不斷碰到我思念卻失聯的人。

考上台大以及在台大的風光，是我生命中最高峰卻也是最低谷，當時我已經完全失去思考能力，卻能在高標準的校園中完成學業，神的手實在奇妙。我更要謝謝我的丈夫，這生病的十四年如果不是有他從不離席的追求，真誠的溫暖，以及浪漫的真情，還有我母親苦熬著做我的安慰，依靠，擁抱和支柱，這兩個人和上帝一起陪著我流淚，更謝謝我的教會信友堂，如果沒有他們我是走不出來的。

更感謝為了這本詩集，特地寫了推薦語給我的辛牧老師，馬世芳學長，長年治療我的楊聰財醫師，鴻鴻老師，顏艾琳老師，有了這些鼓勵與支持，才讓我鼓起勇氣出版，最後要特別感謝白靈老師為這本詩集寫了非常用心的序，讀了數次詩稿才開始做設計的 Luby，協助我從分散的詩稿修編成一本詩集的林群盛老師，感謝斑馬線文庫，感謝大家，感謝神。

國家圖書館出版品預行編目（CIP）資料

時間的洞 / 胡玟雯著 . -- 初版 . -- 新北市 :
斑馬線 , 2017.08
面； 公分
ISBN 978-986-94770-3-1（平裝）

851.486 106010404

時間的洞

作　　者：胡玟雯
主　　編：施榮華
封面設計：Luby

發 行 人：洪錫麟
社　　長：張仰賢
總　　監：林群盛
出 版 者：斑馬線文庫有限公司
法律顧問：林仟雯律師

總 經 銷：楨德圖書事業有限公司
地　　址：新北市新店區寶興路 45 巷 6 弄 7 號 5 樓
電　　話：02-8919-3369
傳　　真：02-8914-5524

製版印刷：龍虎電腦排版股份有限公司
出版日期：2017 年 8 月
I S B N：978-986-94700-3-1
定　　價：280 元